그 혀는 넣어두세요

☾ P.S 기획시선 4

그 혀는 넣어두세요

이서은

저녁이면 거실 한쪽 바보상자를
마주하며 분노하고 감히 한숨도 뱉었다

측정할 수 없는 슬픔에도
세상은 조금도 변하지 않았다

내일 또 슬픈 상자 하나 받아들고
아무 일 없다는 듯
키보드를 두드릴 것이다

어쩌면
이것이 내가 할 수 있는 최선일지도 모르겠다

2024년 가을

이 서 은

제1부

국밥에 말아먹은 대답

오발령

이른 아침 얼굴 책 담벼락이 난리다
경계경보 위급 재난 문자에
'진짜 전쟁이 난 줄 알았다'
'잠이 깼다'
'놀라 죽는 줄 알았다'
그야말로 SNS 피드가 전시 상황이다

몇 분 지나지 않아
오발령이라고 알려지자
사람들의 언성은 더 높아졌다

얼굴 책 피드에는 올릴 수 없는 삶의 위급상황이
이 순간뿐이었을까

그 혀는 넣어두세요

살아가는 일 자체가 전쟁이라는
산책길에 만난 백발노인의 혼잣말이
오후 내내 귓가를 맴돈다

해동되지 못한 모성애

사회생활이라는 명분에 간과 쓸개는 필요 없었다
아이를 낳기 전의 기억력과 몸매,
느슨해진 트렌드를 벗겨줄 품위 유지비 정도 요구했다
배가 고플 때와 기저귀가 불편할 때
아기 울음소리가 어떻게 다른지,
열 달을 품고 있던 생명을 배 아파 낳은 여자의 몸에
어떤 변화를 가져오는지 알고 싶지 않았다
아니, 알아야 할 필요가 없었다
살면서 정작 필요한 것들은 냉장고에 쌓아두기 바빴다
언제 먹을지 모르는 음식물을 냉동실에 얼리듯
내 속으로 낳은 것까지 검은 봉지에 넣고 말았다
마지막 모성만은 얼리지 말았어야 했다

그 혀는 넣어두세요

그해 여름, 주차장에 사람은 없었다

불볕더위에도 꼬리가 긴 짐승들이 지하로 들어왔다
지하 주차장이 만차일 때 싸구려 시멘트로
담을 쌓은 곳까지 밀고 올라왔다
하루 4만 보는 걸어야 최저 시급이라도
손에 쥘 수 있는 잠룡이 할 수 있는 일은
마트 주차장에 흘리고 간 꼬리를
매일 26km씩 걸으며 마트 안으로 미는 일이다
숨통이 조여 오도록 더웠지만
누구도 꼬리를 대신 끌어 주거나 잘라주지 않았다
하루라도 빨리 지상으로 나가려면 15분의 휴식도
감지덕지라 여겼다
꼬리가 긴 짐승들은 더위도 안타는 지,
제대로 된 에어컨도 가동하지 않았다
그해 여름, 주차장에도 사람이 있다는 사실을
까맣게 잊어버린 모양이다

순살 치킨은 맛있기라도 하지

닭장이 무너졌다
억장도 무너졌다
갑자기 병아리들이 갈 곳이 없어졌다
튼튼한 닭장을 짓는다더니
뼈를 추려낸 집을 짓다가
무너졌다
뼈를 빼먹었는데, 뼈가 있던 자리엔
뼈는 없고 똥만 남았다
기둥 32곳에 들어갈 철근을
야무지게 발라먹은 개구리들은
오리발을 내밀고
지하 주차장에는 방금 튀겨진
순살 치킨만이 곤죽이 된 채 널브러져 있다

그 혀는 넣어두세요

건지지 못한 부표

귀신 잡는 해병이 되고 싶었다
인간의 탈을 쓴 귀신이 더 많은 세상에
기꺼이 한 길, 사람 속으로 뛰어들었다
잡을 수 없는 귀신이 훨씬 많다는 걸
알려주는 사람은 그곳에 없었다
내성천에는 빨간 구명조끼만 떠 있었다

귀뚜라미의 이유 있는 반항

집 나간 귀뚜라미가 다시 돌아왔다
나갈 때나 들어 올 때나 말이 없다
영화보다 더 영화 같은
바보상자 소음보다 나을 거라며
맴맴,
달팽이관에서 오지도 않은 가을이
이명처럼 번지고 있다

그 혀는 넣어두세요

달을 베어 문 삼각형

쓸모없다고 끊임없이
가스라이팅 하는 세상에서
할 수 있는 일은 없었다
네모난 상자 속에서 살아남는 방법은
상대적 박탈감 파도 속에 몸을 맡기는 일이다
동그라미까지는 아니더라도
삼각형쯤은 될 수 있을 거라는 희망마저 꺾이던 날,
마모되지 못한 모서리는 둥근 달을 베어 물고 말았다

수상한 출산

별 한번 뜨지 않은 밤에도
아침은 온다

애국자 소리도
삼시 세끼 미역국 밥상도 필요하지 않다

2주에 3,800만 원,
산후조리원 특실에서 공주 대접받지 않아도
배가 아프지 않다

콘크리트 한 톨 넣지 않고도,
영원히 무너지지 않을
시의 집을 세 채나 가졌으니 말이다

다시, 화면 조정시간

망각은 인간의 특권이다
마스크에서 눈, 코, 입을 해방한 지
며칠이나 지났을까
한 번도 혼자였던 적 없는 얼굴을
조정할 시간이 첫눈처럼 다가오고 있다
그해 겨울은 남편과도 키스하지 않았다

그 혀는 넣어두세요

다음 혜빈*은 없기를

피해자보다 가해자가 주목받는
희한한 시절에도 가을은 온다
세상이 주신 모든 것에 감사하다는
미술을 사랑한 꽃다운 20살,
그 이름을,
어떻게 잊을 수 있을까
'20살 김혜빈을 더 기억해주세요'
글귀만이 그리다 만 그림처럼 번지고 있다

---

* 혜빈: '분당 흉기 난동 사건'의 피해자. 2023년 8월 3일 피의자 최원종이 몰고 인
도로 돌진한 차량에 치여 뇌사 상태로 연명치료를 받아오다 25일 만에 숨을 거뒀다.

국밥에 말아먹은 대답

질문이 사라진 저녁 국밥집은 만석이다
식당 구석 정지된 TV 화면 속에는
국밥 가격의 몇십 배의 연봉을 받는 이가 단식 중이다
순대국밥 맛을 조금 천천히 알았으면 하는
눈이 맑은 아이가 형벌처럼 질문을 쏟아낸다
저 아저씨는 왜 밥을 안 먹는 거야
펄펄 끓는 국밥 그릇에 얼굴을 묻고 한동안 들지 않았다

그 혀는 넣어두세요

흰 것에 대한 착각

이제 막 첫 월경이 시작된
9월의 메밀꽃밭,
이곳에서 흰 나비를 찾기란 하늘의 별 따기다
꽃은 하얀 거 아니었어
그들만의 잣대를 들이댄다
이런 착각도 화무십일홍,
열흘을 가지 못한다

족제비가 남긴 똥을 마시다

한 끼에 몇십만 원짜리 뷔페를 먹고도
영양가 없는 배설물만 쏟아내는 세상에서
카페인 없는 하루는 상상하기 어렵다
시각과 바꾼 후각으로 최고급 커피 열매만
따먹은 족제비들은 작은 똥 덩어리 하나도
그냥 배설하는 법이 없다
카페인마저도 온몸으로
각성시켜 세상 밖으로 내놓는다
쓰디쓴 커피를 수십 잔 마셔도
붉은 심장 하나 깨우지 못하고 있는 가을 아침,
족제비가 소화한 열매를 끓여 마신다

호이안에서 가장 저렴하게 영화 보는 법

소원 등을 실은 투본강 목선 사이로
노천카페 호객행위가 한창이다
언니, 오빠 커피 있어요
무엇보다 영어로 적힌 강 뷰 안내판이 시선을 끈다
먼저 자리 잡고 앉은 유럽인 커플이
쪽쪽 거리며 강물의 낭만을 삼키는 사이 커피가 나왔다
카드 ok, 카드 ok, 꼬실 때는 언제고
다 마시고 계산하려고 하니
5달러 어쩌고저쩌고 카드 수수료를 설명하는 눈치다
강 뷰에 키스 장면까지,
타국에서 보는 심야 영화치고 싸게 먹혔다

오늘의 처방전, 눈물 5mL

슬픔을 삼키는 방법부터 배운 사람들이
순번을 기다리고 있다

남자는 평생 세 번만 울어야 한다는
가스라이팅에 지친 사람

여자의 눈물은 무기라고 했지만
유일한 무기마저 녹슬어버린 중년의 여인

눈이 부시도록 따스한 가을 햇살을
등으로 마셔야 하는 목구멍이 포도청인 외판원

그 혀는 넣어두세요

모두가 울지 못해 생긴 병이라고 했다

부둥켜안고 울 시간도 없는 사람들,
새끼손가락만 한 투명 용기 하나 손에 들고
서둘러 계단을 내려가고 있다

제2부

악어새와 채식주의자

산전수전, 입속 전

줄줄이 광산 같은 어둠 속에서
탈출하니 숨통이 트였다

흠집은 조금 있어도
올망졸망 둥근 것은
좋은 주인 만나 자리 잡았다

한 눈으로 봐도 퍽퍽하고
둔한 것들은
출처를 알 수 없는 비닐봉지에
또 한 번 갇혔다

지하에서 물도 못 마시고 지낸 줄 아는지
허락도 없이 물속에 빠뜨리고
온천욕을 즐기라고 한다

퍽퍽한 심장이 젓가락 하나
통과할 만큼 길들었을 때,
이제 해방인 줄 알았다

그 혀는 넣어두세요

삶은 끝날 때까지 끝난 게 아니었다

오스템, 내오, 텐티움
최신식 자재들에 깔리기 전에
혓바닥 속으로
풍덩,
다이빙을 해야 한다

그 혀는 넣어 두세요

너 T야?
함부로 두 번째 손가락을
이마 위에 갖다 대지 마세요
물 건너온 알파벳 몇 개로 정의할
그런 존재는 없어요

ISNT?
ENTF?
DINK?
딩~크~족?

짧은 혀를 함부로 굴리지 마세요

길을 걷다가도 압사당하고,
수학여행 갔다가 집에 돌아오지 못하고,
비 오는 날이면 지하에서 수장당하고,

한 해 목표가 '생존'이 되어버린 이곳에서는
무자식이 가장 큰 축복일지 모릅니다

게발선인장의 꿈

기어서라도 가야 한다
옆으로 걷는다고 손가락질해도 상관없다
하루 12시간의 어둠이 필요하다
수평은 길을 잃지 않는다
가끔 발을 헛디뎌
내가 찔린다
탁, 탁, 타닥,
잘려나간 발톱 위로
분홍빛 발자국이 쌓이고 있다

그 혀는 넣어두세요

마이크를 찾아 나선 밤

마지막으로 노래 부른 적이 언제죠?
진료실 나가려고 돌아서는 등에 대고 물었다
첫사랑의 기억만큼이나 아득해서
시선만 차가운 시멘트 바닥에 굴렸다
어느 아메리카 원주민 치유사한테 들을 수 있는
질문을 듣게 될 줄이야
사십 년 전, 처음 마이크를 잡은 날
손뼉 치던 사람들은 어디로 갔을까
첫눈이 녹기 전에 마이크를 찾아야 한다

1+1=힘들어

삼거리 편의점에 젊은 여자가 들어간다
낭만에 가려 출산이 멈춰버린 세상,
유기농 순면으로 은밀한 곳을 대접하는 날이다
정지된 화면 속,
생리대 대신 운동화 깔창을 깔고
걷는 소녀와 눈이 마주쳤다
사치가 되어 버린 생필품,
1+1 땡처리에도 선택받지 못한 날,
겨울밤은 쌓여가고
시린 무릎 사이로
빨간 등대 하나 커졌으면 좋겠다

그 혀는 넣어두세요

의자를 권력으로 착각한 남자

처음에는 주변을 두리번거렸다
더 고단한 하루를 보낸 사람도 있지 않을까
끊어진 양심이 시계추처럼 정각을 가리키기도 했다
바닥을 벗어난 엉덩이는 화상을 입는지도 모르고
꼬리뼈로 춤을 추었다
착각은 자유라는 말은 부러진 의자 다리처럼
쓸모를 잃은 지 오래다
바보상자 속 여자가 헤테프헤레스에 누워 손짓한다

아홉수

북쪽으로 여행하는 건 삼가고 물가 조심해
적당히 빌고 살면 좋아
동, 서, 남, 북 위험하지 않은 곳은 있을까
살아가는 동안 가장 큰 위험은 아무 위험도
감수하지 않는 것*이라 말하는 시인과 악수를 했다
평생 자동차 핸들조차 잡아보지 못한 채
수많은 불확실을 수놓으며 걸어왔다
비빌 언덕은 없지만,
아직 지문은 사라지지 않았다

---

* 자넷랜드 시인 시 일부 인용

그 혀는 넣어두세요

경복궁 담장에 낙서한 철부지들에게

벽이 사라졌다

한 번도 가보지 못한 별나라 instagram과

더듬어 보지 못한 얼굴이 난무한

얼굴 책장 facebook만 넘기며 서 있다

낙서만 해도 손뼉 치던 사람들은 골목으로 사라졌다

무너진 담벼락 사이로 다시 흰 도화지를 마주할 수 있을까

붓 대신 신사임당 이마를 얄팍한 주머니 속에서 굴리며 외쳤다

'그저 예술을 한 것뿐이라고'

아파트에서 날아오른 남자

화이트 크리스마스 전날 밤
화염 속을 피해
두 살짜리 어린 아들을 안고
아파트 8층에서 뛰어내린 남자
날개가 돋아났다
아들은 살고
남자는 죽었다
하느님 당신은 뭘 하셨나요?

그 혀는 넣어두세요

뜸

친정아버지 연락이 줄어들었다

자주 전화하니 할 말이 없어

바다는 스스로 벙어리가 되기도 한다

겨울잠에 든 라디오

- 故 이선균 배우에게

두 번 다시
배우는 하지 마세요
철썩이는 파도처럼
그저,
밀려왔다 밀려가세요
당신의 목소리처럼

그 혀는 넣어두세요

물은 무슨 죄야

단수시켜 놓고 단수된다고
안전 안내 문자를 보냈다
어느 놈인지 단수斷壽를 시키리라

불편한 시인

기꺼이 미움도 받아야 한다
장미처럼 다가와
가시 발라내듯
돌아서는 사람들 사이를
곡비가 되어 퍼붓고 있다

그 혀는 넣어두세요

명명식의 최후

교양과목 들어볼 겨를도 없이 어른이 되었다
소화해야 할 알약의 개수가
늘어갈수록 손톱도 날카로워졌다
지하철에서 이름이 불렸을 땐 이미 늦었다
아줌마도, 아가씨도, 여자도 아닌
늙은 괴물만이 칼춤을 추고 있었다

악어새와 채식주의자

여의도 악어들 앞에서
입을 벌린 새
고기 맛을 알아버린
혓바닥에 채소 주스를 부었다
입을 막고 사지가 꺾였다
들을 귀가 없는 짐승들은
발톱까지 빨간 맛이었다

그 혀는 넣어두세요

제3부

0.72를 위한 세레나데

18만 원어치 위로

'사흘을 굶었는데 국밥 한 그릇 사주실 수 있나요'
주린 배를 부여잡고 마지막으로 키보드를 두들겼다
텅 빈 창자처럼 세상을 향한 발걸음도 끊어진 지 오래되었다
당신이 설마 사기꾼이라 하더라도 국밥 한 그릇은 사주고
싶다며
직접 전화를 걸어 따뜻한 말 한마디와 함께 돈을 보낸 사람
부터
겨울 패딩을 보내준 사람
일자리를 소개해 준 사람
계좌로 현금을 송금해준 사람들까지
지폐로는 바꿀 수 없는 온정이 남자의 겨울을 데우고 있다

그 혀는 넣어두세요

논산 키다리 아저씨

그가 걸어온다

2억8백만 원을 기부하고도
경기가 어려워 더 많이 못 보내드려
죄송하다고 말하는 사람

200억을 가지고도 더 가지지 못해
발버둥 치는 세상에서
차마 눈을 마주칠 수 없었다

오늘 밤은 쥐구멍도 보이지 않는다

선 넘은 가난

초대하지 않은
2월이 발등에 떨어졌다

땅따먹기하던 동네 꼬마 녀석들이
사라진 골목에선
얼굴에 연탄분장을 한 정치인들의
리어카 쇼가 한창이다

노오력을 하라고 소리치던 놈들이
분수에 맞지 않는 노력을 과시하고 있다

구역질이 나서 차마
명절 상에도 올리지 못한 사과가
가난한 달동네의 언덕을 굴러다니고 있다

그 혀는 넣어두세요

선을 넘은 놈들이
빨간 내복을 입고 우르르
길거리를 활보하고 있다

왜 안전은 언제나 늦게 도착하는지

'사람' 두 음절에
머리보다 두 다리가
먼저 반응하는 사람들

안에 사람 있습니까
그대들도 사람인데
한 번쯤,
눈 한번 질끈 감고
모른 척 등도 보이지

살아서 나올 거라는 희망
인제 와서 무슨 소용일까
대답 없는 호명만
화염 속으로 사라진다

그 혀는 넣어두세요

차라리 색맹이라고 말하지

평생 시간에 쫓겼을 뒤꿈치
멈춰야 할 땐 가고,
가야 할 땐 멈췄다
세상은 어쩐 일인지
빨간불이 파란불로 바뀌는 찰나의 순간도
허락하지 않았다
다음 신호를 기다리는 사람들이 물었다
뭐가 그리 급하냐고
신호등 색깔을 착각했다는 변명
여자의 코는 더 이상 길어지지 않았다
피노키오도 포기한 거짓말은 처음이다

안나, 수의를 입는다

안나가 걸어 들어왔다
쇼호스트의 유혹에 넘어간
가난한 시인의
옷장까지 도착했다
낡은 가죽 지갑에 잠자던 플라스틱 몸값을
확인해야 했던 주말 저녁,
원하던 옷 색깔 선점은 할 수 없었지만
옷장 속에서 가장 비싼 옷이 될 것은 확실하다
메모도 잊지 않았다
제발, 누런색 수의만은 입히지 말라고
봄볕 머금은 재킷을 걸치고
현관을 나선다

그 혀는 넣어두세요

정류장에 숨구멍을 놓고 왔다

노을이 내린다
오늘의 고단함도 뒤따라 내린다

"저 이번에 내려요"
진부한 인사마저 사라졌다
겨울잠에서 이제 막 깨어난 개구리와 눈이 마주쳤다

전광판에는 숨 한번 제대로 쉬지 못한 채 갇혀있는
붉은 새가 24시간 내내 깜박이고 있다

0.72를 위한 세레나데

1이면 다 되는 줄 알았다
한 명만 낳아 잘 기르자던 구호는 안개처럼 사라졌다
1등만 알아주는 세상도 계속될 줄 알았다
1+1은 더 이상 2가 될 수 없는 세상에서
교실 안 의자가 쓰러진다
1을 위한 파티를 진작에 끝냈어야 했다
9시 저녁 뉴스 진행자가 앵무새처럼 외친다
지난해 우리나라 합계 출산율은 0.72명입니다

왜 기쁨은 한발 늦게 도착하는지

세상은 나에게 맥주 한잔 사주지 않았다[*]
누군가 따라준 맥주 거품을 혀끝으로 핥기도 전에
행복의 역치閾値도 김이 빠졌다
자족하기 어려운 저녁, 김빠진 맥주라도
마실 수 있으면 다행이다
접시 위에서 골뱅이가 웃는다
스스로 만족하는 법을 가르쳐주기라도 하듯
창자까지 드러내고 누워있는 골뱅이가 사라지기 시작하면
소면 사리를 추가해야 할 시간이다

---

[*] 정호승 산문 〈인생은 나에게 술 한잔 사주지 않았다〉 패러디

엄마도 엄마가 필요해

자유시장 약국 앞에서 수선화 닮은 여인이 울고 있다
놀다 넘어져 입술이 찢어지고도 울지 않는
아이를 안고 발을 동동 구르고 있다
자기를 닮은 씨앗 하나 심었을 뿐인데
세상은 왜 이리 위험한 것투성인지 모르겠다
묵묵하게 진통제를 처방받는 사람들을
이해하지 못한 채 어른이 되고 말았다
초보 엄마가 엄마였던 여자에게 전화를 걸고 있다
전화기 너머로 수십 년 전 당황했던 엄마의 목소리는
차분하고 따뜻하게 건너왔다
세상의 모든 처음이 녹아내렸다

왼쪽 손가락과 바꾼 웃음

땅 짚고 웃었다
키보드를 두드리고 경제 잡지만 넘기던
손가락이 무슨 일인지 온몸을 받쳐주었다
뒤로 넘어져도 코가 깨지지 않았고,
등을 펴고 웃어도 취하지 않는 밤이었다

드라이버, 환승

연애도 환승을 잘해야 주목받는 세상이다
연애는 고사하고 지옥 같은 대중교통
할증만 붙지 않아도 다행이다
4년제 대학교만 졸업하면 꿈의 차를 몰고
어디든 달리고 있을 줄 알았다
유일한 환승구였던 자동차학원마저 문을 닫고
가짜 증證만 쌓여가는 분주한 봄날,
양화대교가 흘러나오는 만원 버스 안에는
노란 병아리들이 내릴 준비를 하고 있다
나의 인생도 환승이 될까?

우리는 타인의 정오를 욕망한다

손톱을 정리해주던 여자가 물었다
오늘은 쉬는 날이세요
시를 쓴다는 말이 하루를 보내는 일에 대한 변명 같아서
구구절절한 단어 대신
하루쯤 착실한 회사원이 되기로 선택한다
엊그제 문을 연 두 평 남짓 감옥에 갇힌 여자는
출소일을 기다리는 죄수처럼 나를 바라보았다
봄비처럼 누군가의 일상을 궁금해했던 적이 언제였더라
이제 뭐 할 거냐는 그녀의 질문이
깨끗하게 정돈된 손톱 위에서
낮잠 잘 준비를 하고 있다

미리내에서 만난 예수님

도서관 주변을 산책하는데
여학생들이 다가온다

'예…… 수님, 부…… 활 하셨…… 습니다'

인사를 건네고도 상대방 대답이 돌아오기도 전에
돌아서기 바쁜 세상에서 느껴보는
느린 언어가 심장에 꽂혔다

흰 매화꽃 같은 손으로 삶은 달걀과
요구르트를 건네주고 사라진 소녀들

그 혀는 넣어두세요

입술로만 사랑을 이야기하는 어른들이 떠올라
나의 얼굴도 진달래처럼 붉어졌다

차라리 돈으로 주지

시장이 반찬이라는 말
배고픈 이들에게 주먹보다 치명적이다
힘이 들 때 자꾸 힘내라는 말처럼,
중심에 와 닿지 않는 위로만 장맛비처럼 쏟아진다
누군가의 점심 메뉴를 궁금해하지 말자
혼자 밥 먹는 세상의 모든 그림자를 따라가
신사임당이라도 한 장씩 건네주고 오자

　　　　　　　그 혀는 넣어두세요

제4부

계단이 말을 걸 때까지

허파

간 쓸개 다 빼준 여자가 분식집으로 들어간다
자식들 심장에 티끌 하나라도 박히지 않게 하려면
이 정도 문신쯤은 훈장이라 여겼다
얼마간 길을 잃어야 이런 도장이 찍히는 걸까
언제부턴가 순대 시킬 때 꼭 따라붙어 온 부속들,
더 이상 태워야 할 속도 없는지
바람 다녀간 살점만 씹고 있다

그 혀는 넣어두세요

35호 다인실, 폭포

같은 잠옷을 입은 여자들이 화장실에 앉아있다
한때는 칠흑 같은 어둠 속에서도
겁 없이 속옷을 내리기도 했다
아르헨티나와 브라질 사이 어디쯤 쏟아지는
이과수 같은 물은 아니더라도,
한 남자의 인생을 적시고도 남을 거라
생각했던 한여름 밤의 꿈은 오래가지 못했다
똑,
똑,
또오 똑,
스콜이 한 차례 지나가고 흰 골짜기에는
링거액만 흐르고 있다

꿈

'세 번째 시집을 냈대'
개명이라도 한 것일까

시를 쓴다는 젊은 여자는
다음 시의 제목을 한참 고민 중이다

개미처럼 꽤 한번 부릴 줄 모르는
그이가 잠꼬대를 멈추고
출근 준비를 하고 있다

조용히 메모장을 열어
지난밤
꿈을 훔친다

그 혀는 넣어두세요

민들레 밥상

쌀이 되지 못한 음표들이 공중부양하고 있다
장례식만 기다리는 바보상자에서는
실컷 배 한번 불러보지 못한 아이들이 앵벌이 중이다
적어도,
꽃은 꽃으로만 보이길 바랐다
밥이 되지 못하는 시 한 편 겨우 쓰면서
이게 다 밥알이었으면 하는 다정한 마음이 낯설다
수평으로 끓고 있는 흩씨 한 입,
떠먹으면 나도 나비가 될 수 있을까

시를 팔아 돼지갈비 살까[*]

아담에게서 취한 갈빗대로 여자를 만들 능력은 없다
신이 있다면 굶겨 죽이기야 할까
근거 없는 결기는 어디에서부터 시작된 걸까
짜장면이 싫다던 늙은 여자에게
갈비 한 점 대접하는 데 2,555일이 걸렸다
고기는 돼지고기가 제일이라고 말하는
사람들 앞에서 볼이 붉어지기도 했다
시가 포도청 같은 목구멍을 지나갈 시간이다
하늘에서 진주 목걸이를 한 돼지들이 쏟아지고 있다

---

[*] 김남권 시 〈시를 팔아 너를 살까〉 패러디

변방 邊方

나침반으로 호수를 그리고 있다
한 번도 중심이었던 적 없던 초침이
윤슬의 심장을 통과하고 있다
강물에 갑옷을 씻으며 꿈을 꾸던 사람들은
겨울잠에서 깨어날 줄 모르고,
노을도 태기산 어깨로 기운다
스스로 주류를 마시지 않은 죄로
가장자리에 만취된 무명 시인도 있다

무덤 옆 사진관

대릉원 옆구리에
영정사진이 펄럭인다

보증금도 없이
누구나
내일의 임차인이 될 수 있는 곳

찰나를 남기고자
죽음을 쉼 없이 인화하는 중이다

쓰지 않을 결심

남쪽으로 300km쯤 달려와
남의 무덤 앞에서
고작 한다는 생각이
뭐라도 받아 적어가야 한다는
어울리지도 않는 루틴,
바람조차 등 떠민 적 없는데
떠밀려 온 죽음 앞에서 할 생각은 아닌 거 같아
삶이 꼭 본전 찾기 게임의
주인공이 될 필요 없다는 것을
당신 닮은 여기까지
밀려와서 알았습니다

겸손은 힘들다*

조명 아래 서 있으면 행복할 줄 알았다
유튜브 골드 버튼 받으면
진짜 부자가 되는 줄 알았다
무대 뒤에서 얼마나 많은
검은 알약을 삼키는지,
네모 상자 속
가면 공장은 왜 오늘도 폐업하지 못하는지,
알고 싶어 하는 사람은 없었다
성선설을 주장하던 사람들이
무덤 위로 쓰러지고 있다
자만심을 녹인다고 겸손이 되는 것은 아니었다
한번 세상에 태어난 사람은 쉽게 바뀌지 않는 법이다

---

* 대한민국의 언론인 김어준이 2023년 1월 9일부터 시작한 유튜브 채널 및 방송.

그 혀는 넣어두세요

초록을 마시다

빨간 맛에 질린 오후
5월 하늘을 믹서기에 간다

원산지는 따지지도 않고
평판 따위도 신경 쓰지 않는다

그저 녹색 한잔
창자 속을 지나가고 나면
속속들이 푸르러질 것이다

우리는 누구의 소장품이었을까

하나밖에 없는
쇼케이스에 진열되었다
전시 첫날부터 관람객이 많았다
발자국이 쌓이기도 전에
먼지부터 닦으려는 사람들
오지도 않은 미래를 점쳐주겠다며
셔터부터 누르는 사람들까지,
진열장 깨고 오늘을 함께 하자는 이들은
장마철 무지개만큼 신기루였다
네발로 걷는 짐승에게 없는 소유욕이
형벌처럼 쏟아졌다
최초 소장품 1호는 어머니의 자궁이었다

　　　　　　　　　그 혀는 넣어두세요

계단이 말을 걸 때까지

침묵 위를 걷고 있다
얼마나 할 말이 많으면
층층이 가난해졌을까

먼저 배부른 구룡포항을
눈동자로 마신다

항구가 눈물이 되도록
돌에 새겨진 이름은 대답이 없다

아홉 개의 별들만이 수평으로 계단을 두드리고 있다

두부

저녁이면 가난한 손에 훈장처럼 들려있던
투명한 봉투 속 네모 하나
단단해지려고 얼마나 발버둥쳤을까
겨우 골목을 지나면
또다시 부서지던 새벽
껍질까지 갈아 넣은
아버지의 하루가 뽀얗게 끓고 있다

그 혀는 넣어두세요

지진

관심은 있지만 감동은 없다
잔소리는 있지만 메뉴얼은 없다
열심은 있지만 과정은 생략되었다
함께는 외치지만 공감은 사라졌다
개인은 있지만 자유는 아직 허락되지 않았다
갈라치기 바쁜 세상
스며드는 일은 용기가 필요하다
덮어놓고 살지 말라고,
무덤 같은 마음에
빗금을 쳤다

차라리 벗고 다니지

어느 시인이 말했지
좋은 날
옷장에 넣어둔
좋은 옷
아끼지 말라고
옷이 날개라는 말
월요일 저녁에는 사치야
5성급 호텔에서 칼질하며 쌓아온 위선쯤이야
가릴 수 있을 거라 생각하겠지
날지 못한다고 모두 인간이 되는 건 아니더라
시체 앞에서
비단을 짜던 그 여인
그깟
천 쪼가리가 뭐라고

상자와 생존

- 이홍섭(시인) -

해설

상자와 생존

이홍섭(시인)

1. 제목에 대한 생각

이서은 시인의 시집 원고를 받았을 때 제일 먼저 눈에 들어온 것은 시집의 제목이었다. "그 혀는 넣어두세요"라는 도발적 제목을 통해 나는 두 가지 상상을 했는데, 하나는 이번 시집이 사랑을 배경으로 하는 '연시戀詩' 풍의 시집일 거라는 추측이었고, 다른 하나는 '말', 즉 '언어'에 관한 그 어떤 이야기를 담고 있는 시집일 거라는 추측이었다.

전자의 시풍일 경우 시는 전통적 방식을 기반으로 하여 리듬이나 이미지가 풍성하게 전개될 것이고, 후자의 시풍일 경우 리듬보다 내용, 이미지보다 직설적인 진술에 보다 더 의존할 것이라는 추정이 가능하다. 어느 쪽일까? 일단 표제시를 살펴보자.

너 T야?
함부로 두 번째 손가락을
이마 위에 갖다 대지 마세요
물 건너온 알파벳 몇 개로 정의할
그런 존재는 없어요

ISNT?
ENTF?
DINK?
딩~크~족?

짧은 혀를 함부로 굴리지 마세요

길을 걷다가도 압사당하고,
수학여행 갔다가 집에 돌아오지 못하고,
비 오는 날이면 지하에서 수장당하고,

한 해 목표가 '생존'이 되어버린 이곳에서는
무자식이 가장 큰 축복일지 모릅니다

― 「그 혀는 넣어 두세요」 전문

이 표제시에서 시인은 "물 건너온 알파벳 몇 개"로 사람을
함부로 재단하는 세태를 비판하면서, 근래에 우리나라에서

발생한 대형 사고들을 나열한 뒤 "한 해 목표가 '생존'이 되어버린 이곳"의 현실 속에서 "무자식이 가장 큰 축복일지" 모른다는 결론에 도달한다. 이 결론은 앞서 표현된, '맞벌이 무자녀 가정'이란 뜻의 "딩크족"과 대비되는데, 딩크족이 '선택'과 관련된 것이라면, 우리나라의 "무자식"은 '생존'과 관련이 있다는 점에서 언어가 지닌 무게가 다를 수밖에 없다. 제목과 연관된 "짧은 혀를 함부로 굴리지 마세요"라는 표현은, 이 무게의 차이에 분노의 감정을 얹은 것이다.

표제시를 통해 알 수 있는 것은, 이번 시집이 후자의 시풍, 즉 '말' 그 자체의 내용에 집중하며 직접적인 진술을 통해 자신이 하고 싶은 이야기를 할 것이라는 점이다. 그리고 이러한 시의 내용이 현실에 대한 비판이 중심이 될 것이라는 점을 드러내고 있다.

이러한 현실 비판적 경향은 시의 제목에서 선명하게 나타난다. 「다음 혜빈은 없기를」, 「경복궁 담장에 낙서한 철부지들에게」 등은 제목만 보아도 사회적 사건을 다루고 있음을 알 수 있는 예들이라면, 「차라리 색맹이라고 말하지」, 「왜 기쁨은 한 발 늦게 도착하는지」, 「차라리 돈으로 주지」, 「차라리 벗고 다니지」 등은 현실 비판적 내용을 다루고 있을 것으로 쉽게 추정되는 예들이다. 특히 이번 시집에는 "~ 지"로 종결되는 제목들이 많은데, 이는 시인의 기대치와 현실의 실상이 크게 어긋나 있음을 역설적으로 드러내는 표현이라 할 수 있다.

이러한 제목들은 장단점이 있는데, 장점으로는 표현하고 싶은 시의 내용을 보다 선명하게 하는 효과가 있다는 점을 꼽을 수 있고, 단점으로는 시의 내용이 제목에 함몰되면서 협소화될 수 있다는 점을 꼽을 수 있다. 또한, 시의 제목이 명사형이 아니라 산문화한 문장으로 표현될 경우, 시 역시 산문화되는 경향이 있다는 점 역시 간과할 수 없다. 이번 시집에 실린 시들은 이러한 경계선 위를 오간다.

2. 세계와 상자

표제시와 제목들을 통해 살펴보았듯, 이번 시집은 시인이 몸담은 현실에 대한 비판이 주를 이룬다. 일반적으로 시인은 '잠수함의 토끼, 광산의 카나리아'라 불릴 정도로 예민한 감수성을 지니고 있고, 이러한 감수성으로 인해 누구보다 세상의 아픔과 고통에 빨리 반응하는 족속으로 평가된다. 이번 시집에서 시인은 자신이 살아가는 현실 세계를 '상자'로 표현하는데, 이는 잠수함, 광산의 다른 표현이라 할 수 있다.

쓸모없다고 끊임없이
가스라이팅 하는 세상에서
할 수 있는 일은 없었다
네모난 상자 속에서 살아남는 방법은
상대적 박탈감 파도 속에 몸을 맡기는 일이다
동그라미까지는 아니더라도
삼각형쯤은 될 수 있을 거라는 희망마저 꺾이던 날,
마모되지 못한 모서리는 둥근 달을 베어 물고 말았다

–「달을 베어 문 삼각형」 전문

쌀이 되지 못한 음표들이 공중부양하고 있다
장례식만 기다리는 바보상자에서는
실컷 배 한번 불러보지 못한 아이들이 앵벌이 중이다
적어도,
꽃은 꽃으로만 보이길 바랐다
밥이 되지 못하는 시 한 편 겨우 쓰면서
이게 다 밥알이었으면 하는 다정한 마음이 낯설다
수평으로 끓고 있는 홀씨 한 입,
떠먹으면 나도 나비가 될 수 있을까

–「민들레 밥상」 전문

네모난 상자는 자신들만의 리그가 치러지는 닫힌 세계이

그 혀는 넣어두세요

자, 각진 세계를 상징「달을 베어 문 삼각형」하고, 바보상자는 "영화보
다 더 영화 같은"「귀뚜라미의 이유 있는 반항」 세상의 변화가 시시각각으
로 전해지는 텔레비전 속의 현실 세계를 상징한다.

　시인은 이 네모난 상자와 같은 세상에서 자신이 할 수 있
는 것은 "상대적 박탈감 파도 속에 몸을 맡기는 일"「달을 베어 문
삼각형」이라고 말하고, 바보상자를 두고는 "장례식만 기다리는
바보상자"「민들레 밥상」, "네모 상자 속 가면 공장"「겸손은 힘들다」 이라
고 평가한다. 이처럼 자신이 몸담은 세계, 즉 상자를 바라보
는 시인의 시선은 비판적이다.

3. 비판과 생존

　시인이 비판하는, 상자 속 세상의 실상은 다양한데 대부분
권력과 자본에 의해 뒤틀려 있다.

　"얼굴에 연탄분장을 한 정치인들의/ 리어카 쇼"「선 넘은 가난」,
"국밥 가격의 몇십 배의 연봉을 받는 이가 단식 중"「국밥에 말아 먹
은 대답」 등이 정치권력에 대한 비판이라면, "기둥 32곳에 들어
갈 철근을/ 야무지게 발라먹은 개구리들"「순살 치킨은 맛있기라도 하지」,
"한 끼에 몇십만 원짜리 뷔페를 먹고도/ 영양가 없는 배설물
만 쏟아내는 세상"「족제비가 남긴 똥을 마시다」 등은 천박해진 자본주의

에 대한 직설적인 비판이다.

상자 속 현실을 지배하고 있는 권력과 자본에 대한 비판은 낯선 것이 아니다. 중요한 것은 이러한 비판을 잉태한 시인의 경험이 얼마나 절실하고, 이 경험이 시적으로 얼마나 잘 표현되고 있는가 하는 점일 것이다.

하루 4만 보는 걸어야 최저 시급이라도
손에 쥘 수 있는 잠룡이 할 수 있는 일은
마트 주차장에 흘리고 간 꼬리를
매일 26km씩 걸으며 마트 안으로 미는 일이다
숨통이 조여 오도록 더웠지만
누구도 꼬리를 대신 끌어 주거나 잘라주지 않았다
하루라도 빨리 지상으로 나가려면 15분의 휴식도
감지덕지라 여겼다
꼬리가 긴 짐승들은 더위도 안타는 지,
제대로 된 에어컨도 가동하지 않았다
그해 여름, 주차장에도 사람이 있다는 사실을
까맣게 잊어버린 모양이다

— 「그해 여름, 주차장에 사람은 없었다」 부분

사회생활이라는 명분에 간과 쓸개는 필요 없었다

아이를 낳기 전의 기억력과 몸매,

느슨해진 트렌드를 벗겨줄 품위 유지비 정도 요구했다

배가 고플 때와 기저귀가 불편할 때

아기 울음소리가 어떻게 다른지,

열 달을 품고 있던 생명을 배 아파 낳은 여자의 몸에

어떤 변화를 가져오는지 알고 싶지 않았다

아니, 알아야 할 필요가 없었다

살면서 정작 필요한 것들은 냉장고에 쌓아두기 바빴다

언제 먹을지 모르는 음식물을 냉동실에 얼리듯

내 속으로 낳은 것까지 검은 봉지에 넣고 말았다

마지막 모성만은 얼리지 말았어야 했다

― 「해동되지 못한 모성애」 전문

화이트 크리스마스 전날 밤

화염 속을 피해

두 살짜리 어린 아들을 안고

아파트 8층에서 뛰어내린 남자

날개가 돋아났다

아들은 살고

남자는 죽었다

하느님 당신은 뭘 하셨나요?

― 「아파트에서 날아오른 남자」 전문

해설_상자와 생존

이번 시집에서 많은 작품이 직접적인 경험을 다루기보다, 사회적 사건들을 관찰자의 입장에서 다루고 있는데 반해 앞의 두 작품은 예외적으로 시인의 직접적인 경험을 다루고 있다.

   아마도 대형 마트에서 일한 경험을 다루고 있는 듯 보이는 작품 「그해 여름, 주차장에 사람은 없었다」에서 시인은 "하루 4만 보는 걸어야 최저 시급이라도／ 손에 쥘 수 있는 잠룡"이 "마트 주차장에 흘리고 간 꼬리를 ／ 매일 26km씩 걸으며 마트 안으로 미는 일"을 하는 현장을 치밀하게 묘사하고 있다. 이 현장 속에서 시인은 "누구도 꼬리를 대신 끌어 주거나 잘라주지 않"고 "제대로 된 에어컨도 가동하지 않"는 현실과 마주치며, "그해 여름, 주차장에도 사람이 있다는 사실을／ 까맣게 잊어버린 모양"이라고 비판한다. 노동현장에서의 인간 소외를 다루고 있는 이 작품에서 시인이 깨달은 것은 이 열악한 현실에서 나를 대신해주는 사람은 없고, 더 나아가 이 세상은 "주차장에도 사람이 있다는 사실을／ 까맣게 잊어" 버릴 만큼 냉혹하다는 것이다.

   「해동되지 못한 모성애」는 이처럼 열악하고 냉혹한 세계 속에서 일상을 살아가야 하는 현실을 비판하고 있는 작품이다. "간과 쓸개는 필요 없"는 사회생활 속에서 "정작 필요한 것들은 냉장고에 쌓아두기" 바쁘고 모성도 예외가 아니라고 비판하고 있다.

앞의 시들에서 알 수 있듯이 시인이 끊임없이 현실을 비판하는 것은 이 현실이 "모성"을 얼릴 만큼 '생존'을 위협하기 때문이다. "살아가는 일 자체가 전쟁"「오발령」이고, "인간의 탈을 쓴 귀신이 더 많은 세상"「전지지 못한 부표」에서 중요한 것은 '생존' 그 자체이다. 이러한 인식이 앞서 인용한 표제시의 다음과 같은 구절을 낳는다. "한 해 목표가 '생존'이 되어버린 이곳에서는/ 무자식이 가장 큰 축복"

마지막 인용시 「아파트에서 날아오른 남자」는 생존을 위협하는 현실이 '실존'적 질문으로 나아간 작품이다. 화재 현장에서 "두 살짜리 어린 아들을 안고/ 아파트 8층에서 뛰어내린 남자"의 비극을 다루고 있는 이 작품에서 시인은 "하느님 당신은 뭘 하셨나요?"라고 묻는다. 생존의 문제가 삶의 부조리, 즉 실존에 관한 질문으로 나아간 것이다. 외부의 힘이 너무 강하거나, 일상이 붕괴된 자리에서 생겨나는 이 실존에 관한 질문은, 시인이 그만큼 현실을 예민하게 받아들이고 있음을 반증한다.

4. 온기와 자각

시인이 생존을 위협하는 상자 속 현실을 부단히 비판하고 이를 통해 실존적 질문을 던지는 데까지 나아가지만, 그렇다고 함께 사는 세상의 온기를 완전히 포기한 것은 아니다. 사흘을 굶은 남자의 마지막 발신을 듣고 온정을 보낸 목록들을 나열하고 있는 「18만 원어치 위로」, "2억8백만 원을 기부하고도/ 경기가 어려워 더 많이 못 보내드려/ 죄송하다고 말하는 사람"을 다룬 「논산 키다리 아저씨」 등의 작품이 대표적이다. 시인은 이러한 '온기'를 전하며 그래도 이 세상이 "지폐로는 바꿀 수 없는 온정"「18만 원어치 위로」이 남아있는 세상이라고 말한다.

또한, 시인은 여러 편의 시에서 시인으로서의 자각을 드러내며, 이 힘든 세상을 시인으로서의 자각과 자존감으로 버티며 건너갈 것임을 암시하고 있다. 시인은 자신의 삶을 돌아보며 "평생 자동차 핸들조차 잡아보지 못한 채/ 수많은 불확실을 수놓으며 걸어왔다/ 비빌 언덕은 없지만, 아직 지문은 사라지지 않았다"「아홉수」고 고백하고, 자신이 이 힘든 현실을 버틸 수 있는 것은 "콘크리트 한 톨 넣지 않고도,/영원히 무너지지 않을/ 시의 집을 세 채"「수상한 출산」나 가졌기 때문이라고 말한다.

이 "네모난 상자" 같은 세상에서 "밥이 되지 못하는 시 한 편 겨우"「민들레 밥상」 쓰며 살아가는 시인으로서의 삶은 힘들고 고단하지만, 그래도 세상의 온기는 아직도 남아있고 영원히 무너지지 않을 시의 집은 여전히 지어지고 있다는 것을 이번 시집은 애틋하게 보여주고 있다.

그 혀는 넣어두세요

펴낸날 2024년 10월 12일

지은이 이서은
펴낸이 주계수 | **편집책임** 이슬기 | **꾸민이** 최송아

기획 시와징후
펴낸곳 밥북 | **출판등록** 제 2014-000085 호
주소 서울특별시 마포구 양화로 156 LG팰리스빌딩 917호
전화 02-6925-0370 | **팩스** 02-6925-0380
홈페이지 www.bobbook.co.kr | **이메일** bobbook@hanmail.net

© 이서은, 2024.
ISBN 979-11-7223-029-6 (03810)